雪ばじょ

植村　紀子
中村ますみ

南方新社

もくじ

第一部　創作民話「雪ばじょ」

南国鹿児島（かごしま）にも雪は降（ふ）る。そして、高い山のいただきには、降（ふ）り積（つ）もる。
桜島（さくらじま）、開聞岳（かいもんだけ）、紫尾山（しびさん）、霧島連山（きりしまれんざん）、高隈山（たかくまやま）、屋久島（やくしま）宮之浦岳（みやのうらだけ）。

いつだれが言いだしたのか、「雪ばじょ」という言葉（ことば）が伝（つた）わっているらしい。雪おんなのことだという。
あった話か、なかった話か、創作民話（そうさくみんわ）「雪ばじょ」を、あった話と、お聞きくだされ。

むかしむかしのことじゃ。
薩摩（さつま）のなにがしという山は、まだだれも登（のぼ）ったことのない高い山だった。その山深（やまぶか）い里に、与助（よすけ）という若者（わかもの）が病（やまい）が

【なにがし】なんとか

ちの母親と二人、つましく暮らしていた。
与助は、田畑を耕し、炭を作っては売ることをなりわいとしていた。

その年の冬は、かつてない大雪にみまわれた。売るほどあった炭も底をつき、たきぎもなくなった。
「おっかん、おいは、たきぎ拾いに行たっくっで。こげん、寒かれば、おっかんのせきもなおらん」
与助は、鉈を腰にさげ、蓑にくるまり、家の戸を開けた。
ビュー。
「与助、気を……つけやんせ」
せきこむ母の声は、冷たい風にかき消され、与助の耳には届かなかった。

【つましく】 しっそに
【なりわい】 仕事
行たっくっで 行ってくるから
こげん こんなに
【鉈】 枝打ちや木をけずるための刃物
【蓑】 カヤ・スゲなどであんだ雨具
つけやんせ つけなさいね

ザクッ　ザクッ。

与助（よすけ）は、一歩ふみしめては天をあおぎ、一歩ふみしめては、うなだれた。立ちがれた木も見つからない。

「山のかんさあ、ないごて、こげん雪を降（ふ）らっしゃっと？」

やがて与助（よすけ）は、深（ふか）い雪に足を取（と）られ、そのまま倒（たお）れふしてしまった。

ヒューッ。

雪のとばりを開（あ）けるように、白い衣（ころも）を着（き）た女が現（あらわ）れた。

女は与助（よすけ）のくちびるへ、こおりつく息（いき）をふきこもうとした。

しかし、与助（よすけ）の顔を見た瞬間（しゅんかん）、女は冷（つめ）たい体に熱（あつ）いものが流（なが）れてくるのを感（かん）じた。なぜか、力がぬけた。

「この男は殺（ころ）せぬ」

かんさあ　神様（かみさま）
ないごて　なぜ
降（ふ）らっしゃっと　降らせられるのですか

【とばり】　室内（しつない）に垂（た）れ下げてしきりにする布

女の耳には、山の神との誓いがくりかえされた。
「雪の精であるそなたが人となるためには、人を一人殺さねばならぬ。それから、だれにも知られず夏の七日間、山の氷室にこもらねば、風の中に消えてしまうであろう」
女は、雪の精として山で過ごすのを、不幸と感じたことはなかった。ただときおり、風に運ばれてくる、「キャッ、キャッ」という音が不思議でならなかった。里に住む人の口からこぼれる声なのだろうか。雪山に日が当たってキラキラかがやくような、朝つゆがこおり光るような……。どうしたら、あんな声が出てくるのか。人として生きたら、その答えがわかるのだろうか。

女は、雪のしずくを与助の額に垂らした。

【氷室】天然の氷を夏までたくわえておくための穴
【こもる】中にいて外に出ない

「う、うん」
与助は眉間にしわをよせ、まぶたを開けた。
「うっ、めはり」
両手で顔をおおい、しばらくして、またゆっくり、目を開いた。真っ青な空に真っ白な女がいた。
「ご無事ですか」
与助は、ガバッと立ち上がると、腰の鉈に手をかけ、みがまえた。
「だれじゃ」
「千代と申します」
おじぎをした千代の黒髪はゆれ、赤いくちびるをおおった。与助は、鉈から手をはなし、吸いこまれるように千代の髪をかきあげた。

【眉間】 まゆとまゆの間
めはり まばゆい

「道に迷ってしまいました。里までごいっしょ願えますか」
与助は、こくんとうなずいた。
不思議なことに、雪はとけ、地面が顔をだした。たきぎになりそうな小枝が、あちこち落ちていた。与助は、それを拾って歩いた。千代もまねをし、拾った。何を語るでもなく、二人は里まで下りて行った。

「おっかん、今じゃった」
与助は戸を開けながら、千代を招き入れた。外と変わらぬ冷たいひとまに、母はねたまま、顔を向けた。
「千代さんじゃ。道に迷って困っちょいやったで、てのんで来たと」

今じゃった　今帰ってきた

困っちょいやったで　困っておられたので

てのんで　いっしょに

「はは…さま。千代と申します」
その時、千代の母を見る目が、一瞬赤く光ったが、すぐ、つぶらな瞳にもどった。
「千代さんち言うとなあ、ないもなかどん、ゆっくいしやんせ」
母は、ふとんの中でおじぎをした。
与助は、いろりの灰から、種火を探しだし、息をふきかけた。
「ふうーっ、ふうーっ」
灰色だった種火が赤くなった。
その命が生まれるようなしぐさに、千代はあとずさりした。
「千代さん、そん枝を」

【つぶらな】
丸くてかわいい
ないもなかどん
なにもないけれど
ゆっくいしやんせ
ゆっくりなさいませ

はっとわれにかえった千代は、拾ってきた枝を与助にわたした。パチパチと火ははぜ、赤い炎がゆらめいた。千代は、土間に残るくず野菜や、ひからびたような芋を切り、なべへ入れ、火にかけた。

「まもなく、芋がゆができますから」

コトコトにえる音や甘いにおい、あたたかい湯気が家中に広がった。なべをかきまわしながら、

「さあさ、与助さんは、ここでめしあがれ。母様には、私がお持ちいたします」

と、おわんを差しだした。与助はかゆをすすった。あたたかい汁が、のどから胃袋へ伝わるのを感じた。

「千代さんな、手際がよかなあ。与助の嫁じょになってくいやはんどかい」

【はぜ】 はじけ

【土間】 地面のままになったところ

くいやはんどかい くださらないでしょうか

「ごほっ。おっかんな、ないを言うと」
与助はむせた。母はふしたまま、白い歯を見せていた。
「母様、起き上がれますか。さあ、一口どうぞ」
千代は、母をささえながら起こし、おわんを口へ近づけた。

(人を一人殺さねばならぬ)
千代の目が赤くぎらついた。
「まこて、うんまかろごちゃ」
そう言いながら、かゆをすすろうと口を開けた瞬間、
千代は、フーッと息をふきかけた。母の口からかゆがこぼれ落ち、カクッと首がかたむいた。
「はは、さま?」
千代は母をゆらした。

ないを言うと　なにを言っているのですか

まこて　ほんとうに

うんまかろごちゃ　おいしそうだ

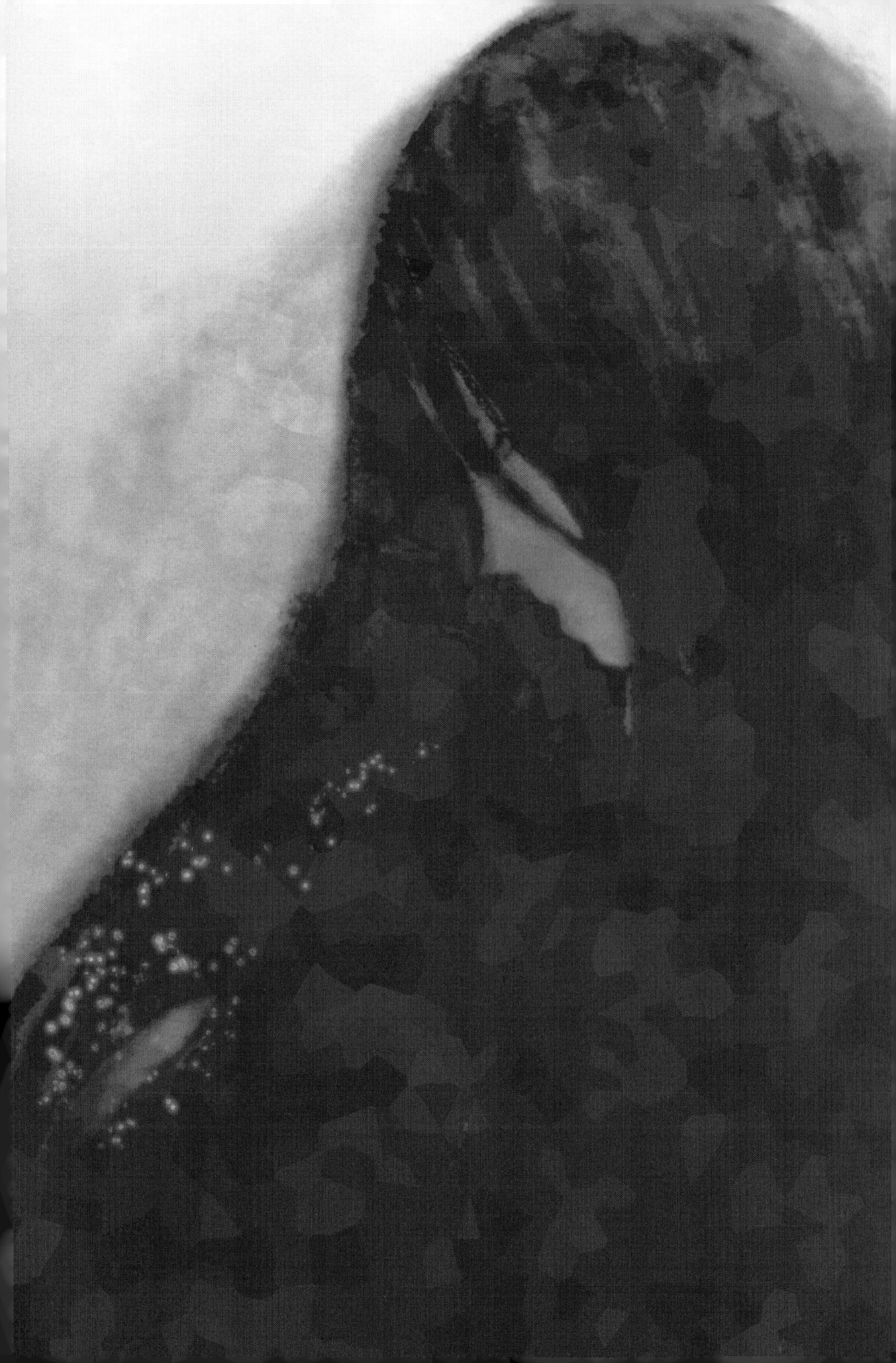

「どげんした？」
与助は千代の腕から母をかかえこみ、胸に耳を当てた。死んでいた。
「ないごて、ないごてな。おっかーん」
わけもわからず、涙があふれ、色あせたゆかをぬらしていった。

次の日、母の葬式をした。村人がとむらいに訪れたが、母に手を合わすより、千代の顔をちらりと拝んで行った。与助は、悲しみの中にありながら、どこかで、千代の美しさが誇らしくもあった。四十九日後、与助と千代は、めおとになった。

どげん　どう

ないごて　どうして

【とむらい】　人の死を悲しみいたむこと

【めおと】　夫婦

春が来て、野山は花が咲き乱れた。与助と千代は田畑を耕し、山の手入れに精を出した。二人の暮らしは、おだやかだった。

日差しが強くなり、汗ばむ季節をむかえた。与助は日焼けしながら仕事にはげんだ。ところが千代はふさぎこむようになり、とうとう、ある朝、

「おまえさま、七日ほど、山へすずみに行かせてくださいませ。このごろ、体がほてり苦しゅうございます」

と、お願いした。肩で息をする千代を見るに見かねた与助は、ボソッと答えた。

「どこでんよか。じゃっどん、必ず、もどっきやんせ」

「はい、必ず」

どこでんよか どこでもよい

じゃっどん しかし

もどっきやんせ 帰ってらっしゃいよ

千代は、会った日と同じ真っ白い衣をまとい、笠をつけ、戸に手をかけた。
「おまえさま、けっして、後をつけてはなりませぬ」
そう言い、深くおじぎをして家を出て行った。与助は、千代の後ろ姿が見えなくなるまで立ちつくした。
それからの日々は、寝ても覚めても千代のことばかり。仕事も手につかなかった。

そして、七日目の朝、千代はふっくらとなり、帰ってきた。与助は、だきしめたい気持ちをおさえ、
「早かったな」
とつぶやいた。千代もまた、何事もなかったように、家のことを手際よくこなし、与助を手伝った。

野山が色づいた秋の終わり、かわいいややこが生まれた。
二人は、ややこを雪と名付けた。
「まこて、むぜ子じゃ、おいが子じゃ」
与助は、雪のために、ますます仕事に精を出した。冬を前に、かぜなどひかしてはならんと、いつもの年より多めに炭を作った。
ところが、霜がおりても雪がちらついても、千代は、いろりのそばより、外に出たがった。雪もあたたかいところにいるとむずがった。与助は不思議に感じた。しかし、満ち足りた時間の中でかき消されていった。
また春が来て、野山は花が咲き乱れた。そして、新緑に包まれ、やがて汗ばむ季節をむかえた。

【ややこ】 赤ちゃん
むぜ かわいい
【むずがった】 不機嫌になり、いやがった

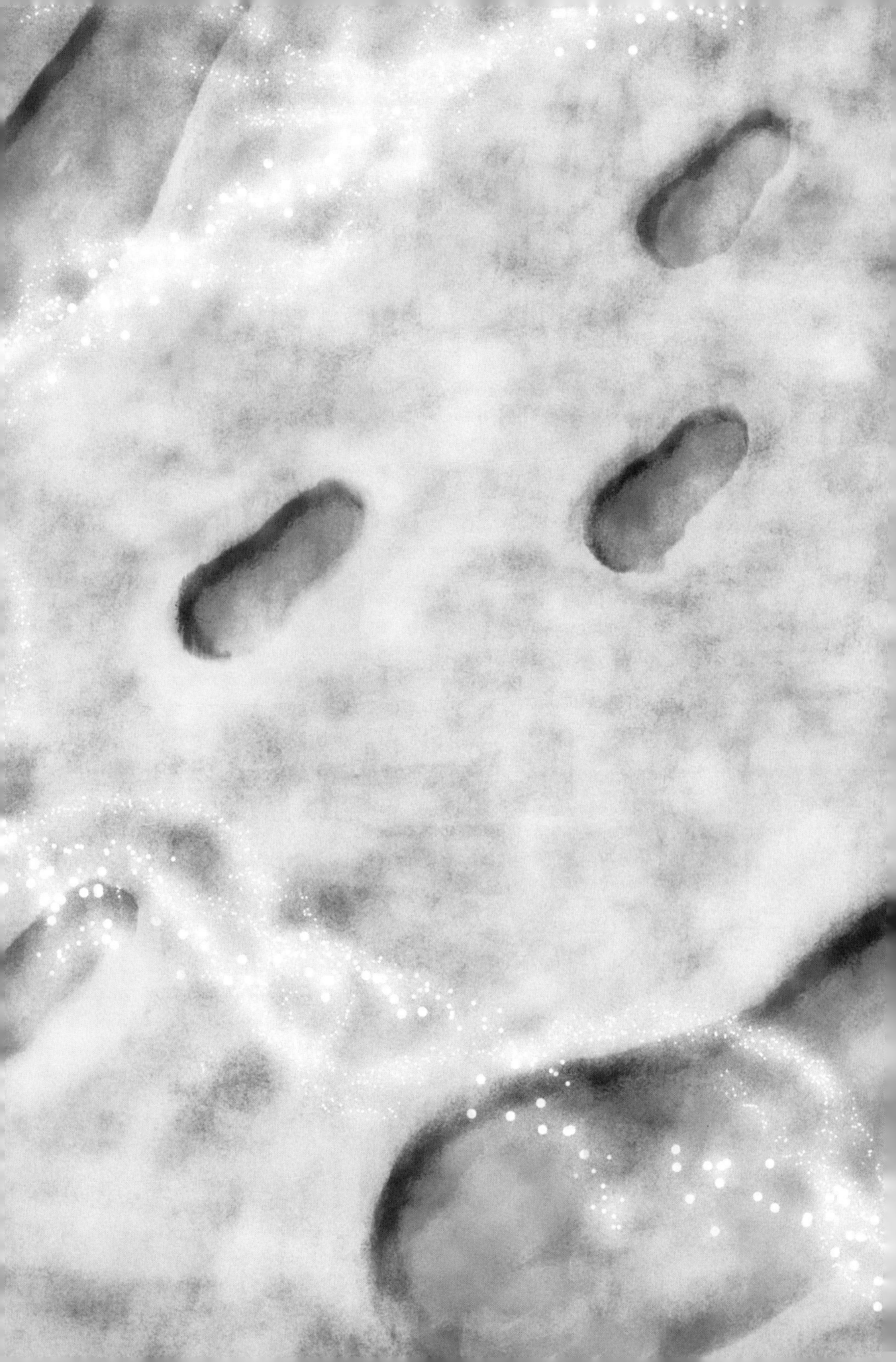

そんなある夜。
千代（ちよ）は雪に乳（ちち）をふくませながら、額（ひたい）の汗（あせ）をぬぐい、ホーッと深（ふか）いため息（いき）をついた。
「おまえさま」
ギーッ。
ギーッ。
与助（よすけ）は、鋸（のこ）の手入れをしている手を止めた。
「明日、山へすずみに行って参（まい）ります。七日したらもどりますから」
与助（よすけ）は、顔を上げ、千代（ちよ）を見た。
「今年もか……。雪は？」
「雪はお願（ねが）いいたします。おもゆをあげてくださいまし」
「どげんしても行くのか」

【鋸（のこ）】木を切る工具（こうぐ）

【おもゆ】たくさんの水で米をにた汁

「はい」
千代の目はよどみ、胸元は汗で光り、肌は青くすけていた。
翌朝早く、千代は会った時と同じ白い衣をまとい、笠をつけ、
「けっして、後をつけてはなりませぬ」
と言い、出て行った。
与助は、雪をだいた。
「去年も七日で、ちゃんともどってきたで、だいじょっじゃ」
千代のいない毎日は、雪のおかげで、去年のようにさびしくなかった。雪は、千代がいなくてもぐずらず、おもゆ

だいじょっじゃ
だいじょうぶだ

をよく飲んだ。山へ連れて行っても、木の下に置いたかごの中で手足をバタバタさせ、一人で遊んだ。

そして、七日目の朝、与助がおもゆを作っていると、家の戸が開き、千代が入ってきた。目はかがやき、青白かった肌は、うすもも色に光っていた。与助はかけより、思わず千代をだきしめた。

「おまえさま、雪が見ておりますよ」

その時、雪がキャッ、キャッと笑った。千代はそれにつられるように、与助の腕の中でキャッ、キャッと笑った。

「千代、そげんうれしかか？　楽しそうに笑って」

「笑う……」

千代は、はっとした。山の上で聞いたあの音が、これ？

そげん　そんなに

笑う？　今みたいに満ち足りた気持ちになると笑いたくなるのか？　千代は、与助の顔をじっと見上げた。胸のおくで水が逆流するようなゆれを感じた。

次の日から、また、何事もなかったように、与助は働き、千代は与助を手伝い、雪はすくすく大きくなった。ただ、今までとちがうのは、三人の笑い声が村じゅうに広がったこと。

村人も、

「与助はよか嫁をもろた」

と、うわさした。

幸せな中で、十年がすぎた。雪をはじめに、八人の子どもが生まれた。与助は一生懸命働き、頭に白いものも見

えてきた。しかし、千代は十年前と変わらず、白い肌と黒い髪のまま、美しかった。そして、変わらないのは、暑くなると必ず山へ行くことだった。

今年の夏は、いつになく暑さが厳しかった。千代は歩くのにも息を切らした。

「おまえさま、今から山へ行こうと思います。七日したら戻ります」

「そんな体では、無理じゃ。おいも行って」

「なりませぬ。けっして、後をつけてはなりませぬ」

千代はよろめきながら、白い衣に身を包み、家を出て行った。与助は、後ろ姿を見つめていたが、新しいわらじに足を通し、

【わらじ】
わらで作ったはきもの

「雪、妹たちをたのんど。すぐもどって」
と、山への道をかけて行った。雪の目から涙がこぼれ落ちた。

与助は、はるか遠くに見える白い千代の姿を追いかけた。いくつもの谷をわたり、険しい坂を登った。山にくわしい与助だったが、自分の背たけの何倍もある巨木の道は、初めてだった。

こんなところが、この山の中にあったとは。狐につままれているのか。夏というのに、なんという寒さだ。はく息も白い。木の葉からしたたる水は、つららか。人が入ってはならないところまで、来てしまったのか……。

与助は寒さでふるえ、足取りも重くなった。ところが、

たのんど　たのむぞ

千代の足取りは軽く、速さを増していくのだ。与助は、遠くから白い衣を追うのがやっとになり、木の根につまずき、つんのめった。ようやく、体を起こした時には、千代を見失っていた。

与助は、うずくまった。両手を息であたため、体をさすった。どこだ、千代はどこだ。与助には、もう立ち上がる気力もなかった。

そのとき、森の中にこだまする歌声が聞こえてきた。

水は雨
水は雪
果てなき空より舞い落ちる

【つんのめった】勢いよく前に倒れた

私（わたし）は氷（こお）り
私（わたし）は流（なが）れ
根付（ねづ）く大地へ注（そそ）ぎこむ

誓（ちか）いと出会いがふぶいてまざり
人の心にとけてゆく
燃（も）ゆる思いは死（し）のあかし
冷（さ）まさなくては　冷（さ）まさなくては

私（わたし）は雪か
私（わたし）は人か
風の中へと消（き）えてゆく

「千代の声じゃ」

与助は、体を奮い立たせ、声のする方へ歩きだした。すると、巨木にかくれるように大きな洞窟が見えた。与助は、おそるおそる暗闇の中へ入った。

ポターン。

天上から落ちる水の音以外、何も聞こえない。おくの方で、かすかな光がゆれていた。与助はその光をめざし、かべをつたい、ゆっくり進んだ。ごろごろころがるしめった石に足を取られた。

ポターン。

石じゃない、氷だ。

氷の光があちこちで反射し、先の一点を照らしていた。

与助は、息を飲んだ。

千代が、氷の台に横たわっていた。目を閉じ、死んでいるようにも見えた。

「千代」

与助は呼んだ。すると、千代の目尻から涙がつーっとひとすじ伝い、こおった。

「あれほど、後をつけてはならぬと申し上げましたのに」

と言い終わらぬうちまぶたが開き、真っ赤な目玉が与助をにらみつけた。髪が天上へとさかまき、白い衣が大風をおこした。

ゴーッ　ゴゴゴゴ　グオーン。

ダーッ　ダダダダ　ダダーン。

山が鳴りだした。

「山の神にも知られた。私はもう、雪の精にも人にも、

【目尻】
目の耳に近い方のはし

もどれぬ。そして、正体を見られたからには、おまえも生かしてはおけぬ。おまえの母の命も私がもらったのだ。ひっひっひー」

与助は、踵を返した。

ドーン　ドーン。

木が倒れる音。ごうごうと流れる水の音。

降りしきる大雨。雷。

山津波が来る。

足もとが水であふれてきた。与助は、出口へ向かって走り出した。しかし、水の勢いは強く、進むことができない。

水かさは、腰をこえ、あっという間に胸まできた。

「あーっ」

与助は、濁流にのみこまれ、洞窟をぬけ、山を下った。

【踵を返した】あともどりした

【濁流】にごった水の、激しい流れ

何かにぶつかり、流され、もまれ、顔が水面ぎりぎりに浮かんだ一瞬、

「ゆーきー」

とさけび、そのまま水底へと消えた。

　そのさけび声を聞いたとたん、千代の真っ赤な目玉は、つぶらな瞳に変わった。

「雪、私の子どもたち」

　キャッ　キャッ　キャッ。

　笑い声がよみがえり、涙がとめどなく流れた。千代は、濁流の中へとけこんだ。木や岩をかき分け、与助を見つけ、かかえこみ、水の柱となった。天高く上る水の柱は、虹のように里の小川へつながり、そっと与助を運んでくれた。

【とめどなく】
とめることができなく

与助（よすけ）は、村人に助（たす）けられた。
「あん山津波（やまつなみ）で助（たす）かったとは、奇跡（きせき）じゃ。千代（ちよ）さんが見つからんのは、ぐらしかどん、きっと与助（よすけ）の身代（みが）わりになったにちがいなか」
そう、村人はうわさするのであった。
与助（よすけ）は大けがをおったものの、秋の終（お）わりごろには、一人で歩けるようになった。そして、何事（なにごと）もなかったように炭（すみ）を作った。子どもたちも何も言わず手伝（てつだ）った。

その年の冬は、十年前を思いだすような大雪になった。山も大地も白くかがやいた。雪のやむのを待（ま）って、与助（よすけ）は、子どもたちを山の入口まで連（つ）れて行った。
「千代（ちよ）、見ゆっか。子どもたちじゃ」

ぐらしかどん
かわいそうだが

すると、風が吹いてきた。風は、与助と子どもたちを一回りするように流れていった。

「はーはーさーまー」

「ちーよー」

与助と子どもたちの声は、山から山へ、

「ははちよー」

「はちよー」

「ばじょー」

と、こだましていった。

むかしから薩摩に伝わる「雪ばじょ」が、婆女か、母千代か。今となってはだれも知らない。

郵便はがき

料金受取人払郵便

鹿児島東局
承認
300

差出有効期間
2027年2月
4日まで

有効期限が
切れましたら
切手を貼って
お出し下さい

892-8790

168

鹿児島市下田町二九二—一

図書出版
南方新社 行

ふりがな 氏　　名		年齢　　　歳
住　　所	郵便番号　　　−	
Eメール		
職業又は 学校名		電話（自宅・職場） （　　　）
購入書店名 （所在地）		購入日　　月　　日

書名　（　　　　　　　　　　　　　）愛読者カード

本書についてのご感想をおきかせください。また、今後の企画についてのご意見もおきかせください。

本書購入の動機（○で囲んでください）

A　新聞・雑誌で　（紙・誌名　　　　　　　　　　　　）
B　書店で　C　人にすすめられて　D　ダイレクトメールで
E　その他　（　　　　　　　　　　　　　　　　　　　）

購読されている新聞，雑誌名

新聞　（　　　　　　　　）　雑誌　（　　　　　　　　）

直接購読申込欄

本状でご注文くださいますと、郵便振替用紙と注文書籍をお送りします。内容確認の後、代金を振り込んでください。（送料は無料）

書名		冊
書名		冊
書名		冊
書名		冊

あとがき

地球は、水の惑星です。
この星の約七割は海だそうです。
水分は、霧や雨や氷や雪に変化し、ただよったり、降ったり流れたりします。同じ水なのに、泣いたり、笑ったり、怒ったりしているみたいですね。
そして、人の体も、約六、七割が水分なのだとか。地球と同じような割合とは、なんて不思議なことでしょう。やはり、人のふるさとは、この水の惑星・地球なんですよね。
私のふるさとは、地球のなかの日本の南の鹿児島です。海が七割なのですから、陸は三割。その三割の針先にも満たない鹿児島の地。三割に住む人々が、みんな小さな小さなふるさとを大切に思い、争うことなく笑って暮らせたらな。そうなれば、地球もおなかから、笑うだろうになあ。
この『雪ばじょ』は、水をもとに、笑う気持ちも書いてみました。鹿児島の架空の山を舞台にし、鹿児島弁で語りました。ふるさとの風景や言葉が、体の中に溶け込んでいったら幸いです。
さて、二〇〇四年に出版した『鹿児島ことばあそびうた』(石風社)は、鹿児島県内いろんな保育園や小中学校から、学習発表会や文化祭で使いましたと、聞いております。『雪ばじょ』も、朗読劇や音楽劇その他、さまざまな表現方法で発表してもらえたら、とても嬉しいです。
そのヒントとして、この本では、鹿児島国際大学准教授の中村ますみさんが、第二部「音楽づくり」

を担当しました。中村さんは、長年、詩や絵本の朗読と音や音楽をコラボレーションする活動に取り組んでいます。二〇一四年、小学館の絵本・中脇初枝著『ゆきおんな』に音と音楽をつけ、卒業生と発表されました。私は、その絵本のあとがきで、鹿児島県にも「雪女」をさす「雪ばじょ」という言葉があることを知りました。すぐに民話を探しましたが見当たらず。そのまま、興味深い呼び名に導かれるように、創作したのです。

こうして生まれた『雪ばじょ』にも、新たな音楽がつき、二〇一五年三月、鹿児島市の宝山ホールで発表しました。テーマ音楽の詳しい使い方は、第二部「音楽づくり」をご覧ください。また、音源は、ユーチューブで配信中です（検索・『雪ばじょ』第二部　「音楽づくり」）。私の朗読もお聴きいただけます（検索・『雪ばじょ』第一部　朗読）。さらに、朗読と音楽のコラボレーションもありますので、大いに活用していただき、音の世界をお楽しみください（検索・『雪ばじょ』朗読と音楽）。

ふるさとの風景や言葉が、音楽とともに子どもたちへ届きますように。そして、ふるさとを大切に思う気持ちが、水の惑星いっぱいに満たされることを願っています。

最後に、出版に際しましては、幻想的な絵を描いてくださったｓｈｉｏさん、若い力をありがとうございます。また、南方新社代表の向原祥隆さん、編集の大内喜来さんには、たいへんお世話になりました。末筆ながら、お礼申し上げます。

二〇一六年十月　　　　植村　紀子

第二部　音楽づくり「雪ばじょ」は、
巻末からはじまります。

創作民話
雪ばじょ　おはなしと「音楽づくり」

二〇一六年十一月二十日　第一刷発行

著　者　植村　紀子
　　　　中村ますみ

発行者　向原　祥隆
発行所　株式会社　南方新社
〒八九二—〇八七三
鹿児島市下田町二九二—一
電話　〇九九—二四八—五四五五
振替口座　〇二〇七〇—三—二七九二九
URL http://www.nanpou.com/
e-mail info@nanpou.com

印刷・製本　株式会社　モリモト印刷
定価はカバーに表示しています
乱丁・落丁はお取り替えします
ISBN978-4-86124-341-7 C8092

◆ 著者プロフィール

植村　紀子（うえむら・のりこ）

1963年鹿児島県生まれ。鹿児島女子大学（現・志學館大学）卒業。
日本児童文学者協会会員。同鹿児島支部『あしべ』同人。
高校教員として5年間在職した後、創作活動や講演会活動に携わっている。第12回かぎん文化財団賞受賞。著書に『鹿児島ことばあそびうた』『鹿児島ことばあそびうた②』（以上石風社）、『鹿児島ことばあそびうたかるた』（南方新社）、『親と子のことば紡ぎ』（南日本新聞社）、『大地からの祈り 知覧特攻基地』（高城書房）、『ぐるっと一周！鹿児島すごろく』（燦燦舎）。共著に『かごしま文学案内』（春苑堂書店）、『鹿児島県謎解き散歩』（中経出版）、『なぞなぞおばけ』（童心社）、『鹿児島の童話』（リブリオ出版）、『2年3組にんじゃクラス』（ポプラ社）など。

中村ますみ（なかむら・ますみ）

1962年奄美市生まれ。鹿児島大学教育学部音楽科卒業。
第30回および第33回南日本音楽コンクールピアノ部門優秀賞受賞。ソロ・デュオ・ジョイントリサイタルの演奏活動のほか、管打楽器・声楽・合唱をはじめ、オペラ・バレエなどの伴奏も務める。音楽教育、音楽療法、またこれらの枠にとらわれない音・音楽、音楽活動の可能性を追求し、その成果を「夢うたつむぎ音楽会」や幼稚園・保育園・施設等でのコンサート、ワークショップで発表している。「とっておきの音楽祭 in 鹿児島」では初回実行委員長を務める。鹿児島県公立学校教員（中学・養護学校）を経て、現在、鹿児島国際大学福祉社会学部准教授（附置地域総合研究所所員、児童相談センター相談員）。日本音楽療法学会認定音楽療法士。編曲作品『海のメドレー』（トーンチャイム・アンサンブル）、『中山晋平メドレー』（ピアノ独奏）、作曲作品『うたおう！』『いろんなパンの歌』、ほか多数。著書『音楽のごちそう』（音楽療法研究会「日々輝」編、2010年）。

shio（しお）

1993年鹿児島県生まれ。松陽高等学校美術科卒業。
静岡文化芸術大学デザイン学部生産造形学科卒業。

音源は、You Tube にて聴くことができます。
以下のワードで検索してください。

朗読（素語り）	……　『雪ばじょ』第一部 朗読
音楽	……　『雪ばじょ』第二部「音楽づくり」
朗読と音楽	……　『雪ばじょ』朗読と音楽

第二部　　音楽づくり「雪ばじょ」

音楽の好きな方、学校の先生方、
そして、さまざまな表現活動に取り組んでいる皆さんへ

『雪ばじょ』には、音楽もあります。
音楽があれば、朗読・劇・ダンスなど、
皆さんの工夫による新しい表現が
拡がるのではないかと願い、作りました。

もし、学習発表会や文化祭で使いたいとき、
この「音楽編」を役立ててもらえたら、
とても嬉しいです。

I　物語と音楽のコラボレーションのために

1　テーマ音楽の使い方

音楽の使い方としては、以下の３つを考えています。

①背景音楽（B.G.M）として、朗読・台詞のバックで流れている。
②ある人物の登場シーンやその前後で、いつも同じテーマを使う。
（登場人物によって、それぞれのテーマ音楽を使う）
③音楽だけを演奏し、音楽そのものが何かを意味している。
（情景描写・変化・予感など）

テーマ音楽は、登場人物のキャラクターや物語の雰囲気に合わせて、１〜３つくらい作ります。演奏するときは、高さやテンポ、音色を変えるだけでも、違う雰囲気を作ることができますよ。また、テーマの一部を繰り返してもよいのです。次ページからの《雪ばじょ》のテーマのところで、アレンジの例も示してあります。参考にしてみてください。

2　効果音をプラスして

音楽に効果音（サウンドエフェクト）を重ねたり、音楽と音楽の間、言葉や台詞の間に使ったりすることによって、場面が生き生きとしてきます。効果音は、専用のCDなども販売されていますが、電子キーボードに内蔵されているものは手軽に利用できます。

さらに、電子音だけでなく、身の回りにあるさまざまなものを叩いたり、こすったり、握ったりして鳴らす音の中にも、物語に彩りを添える音があるかもしれません。人の手を通して出てくる音は、電子音では伝えられないものがあるでしょう。

また、具体的な音だけでなく、例えば、そよ風、星のまたたきといった、実際には音のしないものを、音で表現することに挑戦してみるのも楽しいですよ。

3　音の引き算

何かしっくりこないと迷った時には、音の引き算をお勧めします。音のない時間は、音があるとき以上に意味を持つことも多いのです。重ねていく作業だけでなく、重要な場面では、物語を読む音声をも含めて沈黙の時間を作る、音声だけにする（朗読のみ、台詞のみ）、逆に音楽だけの時間を作るとよいでしょう。

音や音楽をシンプルにする手段として、電子キーボードで一音のみ（あるいは和音）を持続する、ピアノの一音だけで、あるいは和太鼓などでゆっくりと連打するのも効果的です。

II 「雪ばじょ」の音楽

1 テーマ音楽

物語全体を通してさまざまな場面で使うために、登場人物（千代、与助）と吹雪の、３つのテーマを作曲しました。アレンジしやすいように、短くてシンプルなものにしてあります。

《千代・雪ばじょのテーマ》

美しく物悲しい、そして謎めいた千代の姿を表現しました。それぞれの小節の最も高い音を意識しながら表現するとよいでしょう。

テーマをどのようにアレンジするか、２例ご紹介します。

①長い音をより長くすることで、緊迫したシーンにぴったりです。左手パートをトレモロ（複数音を交互に小刻みに演奏すること）にすると、より一層何かが起こりそうな雰囲気を作ることができます。

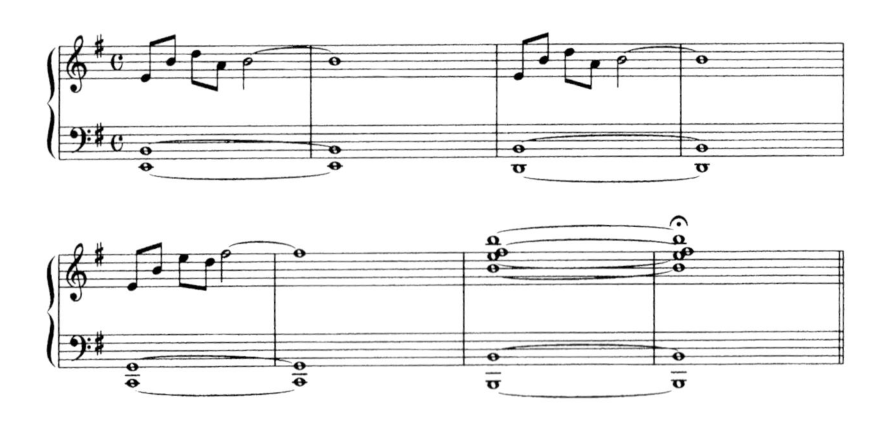

②１オクターブ上げて、そのうえで左手パートを変化させています。繰り返しの中に、千代の迷いやためらいを表現できると思います。悲しく物憂げな感じをイメージして、音色やテンポ、アーティキュレーション*を選択してみましょう。

＊アーティキュレーション：演奏上、ある音から次の音へどのようにつながりを持たせるかということ。具体的には、スラー、テヌート、スタッカートなど。さらに強弱も含まれ、音楽的な表情をつけることを指します。

《与助のテーマ》

優しく、純朴な与助の雰囲気をイメージしました。**《千代・雪ばじょのテーマ》**と重ねたり、対話したりして使えるようにしてあります。

《吹雪のテーマ》

吹雪がごうごうと舞う様子を、スピード感のある半音階で表現しています。演奏するには少し高度な技術を必要とするので、You Tube（検索・『雪ばじょ』第二部「音楽づくり」）のデータをそのまま流してもよいでしょう。

《千代・雪ばじょのテーマ》に重ねて使うと、吹雪そのものの様子を表すだけでなく、おどろおどろしい雰囲気を表現するのにも役立ちます。

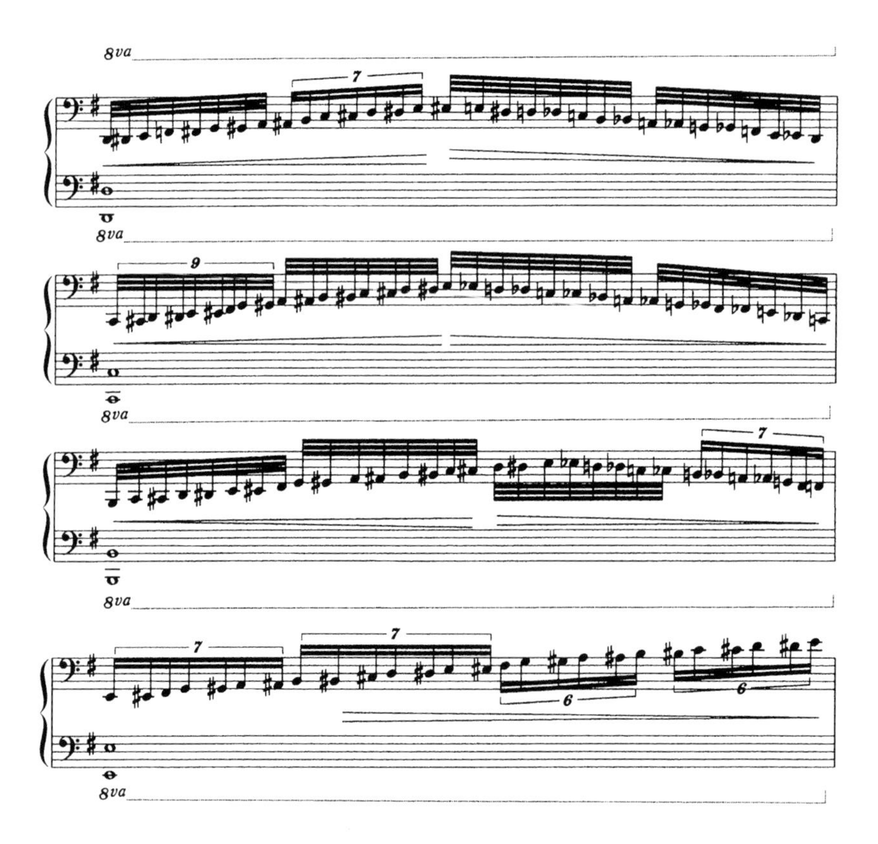
8va
7
8va
9
8va
7
8va
7
7
6
6
8va

2　作中詩に作曲した音楽

《「**水は雨**」》

物語では千代が歌っているシーンです。テーマ音楽のモチーフを使い、作曲しました。ソプラノの方の音域ですので、音の高い部分は声が出にくいかもしれません。無理に歌わなくても、朗読するときに背景音楽として用いてもよいでしょう。電子キーボードの音色のクワイア（choir）を使って、メロディーを弾いてみてください。

伴奏は後ろのページに付けましたが、難しいときには、左右のパートを分けるなど、工夫してみてください。――**資料楽譜③**

悲しく、透明な感じで

みずはあめ　みずはゆき　はてなきそらより　まいおちる

わたしはこおり　わたしはながれ　ねづくだいちへ　そそぎこむ

p
ちかいとであいが　ふぶいてまざり　ひとのこころにと　けてゆくー

もゆるおもいは　しのあかし　さ　まさなくては　さ　まさなくては

ー　ー　*f* わたしはゆきか　*p* わたしはひとか

かぜのなかへと　ー　きえてゆく　ー

rit.

3　実演例から

この物語を実際に上演したときに、私なりに場面を再構成して作曲しました。テーマ音楽をどのように組み合わせて用いるのか、参考になると思います。もちろん、楽譜をそのまま使っていただいても構いません。

《春、千代の幸せを表わす音楽》——資料楽譜①

物語では春のシーンはあまり出てこないのですが、千代の幸せな様子を、春の暖かさに重ねて作曲したものです。フルートの出だしは、春の訪れを表しています。途中から、フルートとピアノのメロディが対話するようにしました。これは、千代と与助の他愛のないやりとりを、明るく、軽快な雰囲気で表現しています。上演した際には、千代の笑い声や鳥の声なども重ねながら、楽しげに演奏しました。

《夏、千代と与助の決心を表わす音楽》——資料楽譜②

与助のテーマをもとに、農作業を表すところから音楽は始まります。テンポや間の取り方を工夫して、千代が徐々につらくなる様子を表現しました。千代のパートは、電子キーボードの音色からイメージに合わせて選びましょう。もちろん、キーボード以外の楽器でも構いません。

さらに、山へ行くと言う千代と、行ってほしくない与助のやりとりは、中盤からのややかみ合わない音楽によって表現されています。

他にも、多くの場面で、まだ音や音楽を配置する余地は残っています。音や音楽の彩りを添えて、皆さんオリジナルの『雪ばじょ』を表現してみてください。

資料楽譜①

1.
2.
to Φ
8va
ΦCoda
D.S.

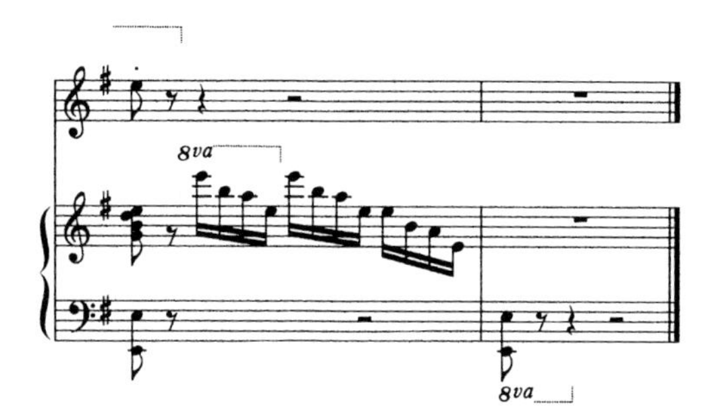
8va
8va

資料楽譜②

ff
gliss.
5
5

資料楽譜③

悲しく、透明な感じで
Piano
みずはあめ
みずはゆき
はてなきそらより
まいおちる
わたしはこおり
わたしはながれ
ねづくだいちへ
そそぎこむ
ちかいとであいが
ふぶいてまざり
ひとのこころにと
けてゆくー

もゆるおもいは　しのあかし　さ　まさなくては　さ　まさなくては
ー　ー　わたしはゆきか
わたしはひとか　かぜのなかへと　ーきえてゆ　く　ー